Vente Damilaville

BELLES FAIENCES DE ROUEN

ARGENTERIE

CATALOGUE

DES

ANCIENNES FAIENCES DE ROUEN

ET DE SINCENY

ASSIETTES A DÉCOR D'OCRE JAUNE

Plats, Plateaux, Bannettes, Cache-pots, etc., à décor bleu et rouille

ET POLYCHROME

FAIENCES DIVERSES

Porcelaines — Objets variés

ARGENTERIE

LE TOUT APPARTENANT A M. DAMILAVILLE

ET DONT LA VENTE AURA LIEU

HOTEL DROUOT, SALLE N° 11

Le Samedi 22 Décembre 1894

A DEUX HEURES

COMMISSAIRE-PRISEUR

Mᵉ PAUL CHEVALLIER

10, rue de la Grange-Batelière, 10

EXPERT

M. CHARLES MANNHEIM

7, rue Saint-Georges, 7

EXPOSITION PUBLIQUE

Le Vendredi 21 Décembre 1894, de une heure et demie à cinq heures et demie

CONDITIONS DE LA VENTE

Elle sera faite *expressément* au comptant.

Les Acquéreurs payeront CINQ POUR CENT en sus des adjudications.

L'Exposition mettant le public à même de se rendre compte de l'état des objets, il ne sera admis aucune réclamation une fois l'adjudication prononcée.

Paris. — Imprimerie de l'Art, E. MOREAU et Cie, 41, rue de la Victoire.

PRÉFACE

U moment où vient d'être ouverte, au milieu des splendeurs du Louvre, la nouvelle salle de la faïence française, la vente que nous annonçons bénéficiera de cette consécration, accordée par les plus hautes autorités artistiques à ces petits chefs-d'œuvre, trop longtemps méconnus, que notre grand musée national met en honneur aujourd'hui.

Si, dans un sentiment d'extrême modestie, son possesseur n'a pas voulu que nous lui décernions le titre de *collection*, il ne peut nous être refusé de déclarer que le bel ensemble de céramiques choisies, formé par M. Damilaville, renferme nombre de spécimens, qui feraient bonne figure dans les vitrines de notre Kensington parisien. Ce qui pourrait, dans une certaine mesure, autoriser qu'on refusât à cette réunion de faïences exquises l'appellation que nous voulions lui donner, c'est qu'on attache généralement au mot de " Collection " la signification d'une série de produits, allant de l'origine jusqu'à la décadence d'une fabrication. Ici, rien de pareil, en effet; car, celui qui a groupé ces précieux monuments de l'art de terre a voulu, toujours et fermement, les prendre dans la période exceptionnelle à laquelle s'est attachée, dans le langage usuel, la désignation expressive d'époque de l'apogée. Il nous faut donc bien suivre notre guide dans le cercle brillant où il lui a plu d'exercer ses recherches et nous y renfermer avec lui.

Voilà quinze ans bientôt que, dans ce milieu même, à l'Hôtel Drouot, lors de la première vente Lefrançois, notre concitoyen se révéla comme amateur sagace et passionné : il débuta par un coup de maître, en rapportant à Rouen, d'où elles sortaient, les dépouilles opimes de cette incomparable collection.

C'est de cette célèbre vente que provient le grand plat n° 3, à décor bleu et rouille, avec sujet chinois composé de sept personnages, qui montre au marli et à la chute une bordure à lambrequins et guirlandes de fleurs.

Ils en viennent aussi ces deux grands plats, n°s 12 et 13, à décor bleu et jaune ocré, dont le centre est meublé par un large pavillon chinois abritant des Célestes en attitudes archaïques. Qu'il est malaisé, par le temps qui court, de trouver rapprochés deux pendants de cette valeur!

En voici pourtant deux autres, franchement rayonnants, inscrits sous les n°s 4 et 5, dont l'ordonnance magistrale est bien faite pour contenter les amateurs les plus délicats.

Je passe sur des assiettes du même ordre, inspirées par le même système décoratif, variées à l'infini; mais je tiens à signaler la plus admirable de toutes, celle qui porte le nº 1, et dont la bordure jaune d'ocre, avec arabesques noires, encadre si puissamment les armoiries de l'un des membres de la famille de Saint-Evremond. C'est la perle de toutes les assiettes rouennaises, et celle-ci m'a toujours charmé, par sa tonalité vigoureuse qui dépasse la gamme ordinaire. Il en existe seulement une dizaine d'exemplaires, classés dans les Musées et les Collections, et je sais un curieux qui a résisté, pour céder la sienne, à l'offre respectable de quatre mille francs. J'ajouterai qu'il s'en applaudit tous les jours, tant ce type est précieux et rare. C'est un problème encore irrésolu que nous propose l'assiette genre Watteau, à décor polychrome, cataloguée sous le nº 6, *La Leçon de Musique*. On la refuse au groupe rouennais, et en 1883, à l'Exposition de Laon, elle fut revendiquée pour Sinceny : d'autres tiennent pour Moulins... Je laisse volontiers les savants s'engager dans la discussion, me contentant de faire remarquer que les deux autres, décrites aux nºs 7 et 8, ont certainement la même origine et la même insigne rareté. Ce sont là, vraiment, des pièces de Musée.

Le grandiose plateau de table à pans coupés, nº 10, avec décor polychrome composé d'ornements rocaille, d'oiseaux, de fleurs et d'un double écusson d'armoiries, est une de ces pièces qui dépassent par leur taille et leur beauté la moyenne ordinaire : il est surtout remarquable par sa grande tenue et l'équilibre parfait qui a présidé à son arrangement.

Que dire de plus favorable pour ce petit plat, nº 19, avec masques alternés, sinon que notre cher maître, André Pottier, n'a pas hésité à le reproduire dans les planches de l'*Histoire de la Faïence de Rouen?* De jolies bannettes, des consoles ajourées, des vases d'ornement complètent la série. J'aurais garde d'omettre deux beaux cache-pots, nº 66, de la fabrique de Levavasseur, dont le décor d'oiseaux, rehaussé de rose d'or, est absolument caractéristique.

Quelques produits de Moustiers, d'Alcora et de Nevers, des argenteries hollandaises, de charmantes plaques d'émail de Limoges; voilà, n'est-il pas vrai, de quoi satisfaire les convoitises les plus variées et les plus délicates?

G. Gouellain.

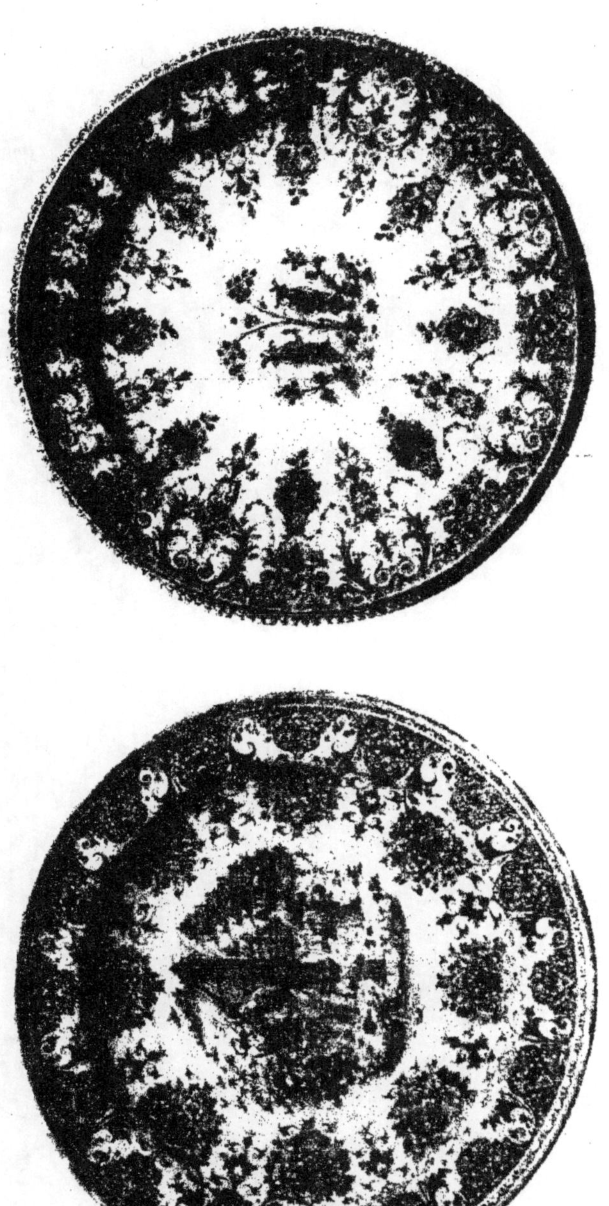

N° 3

Nos 4 & 5

Phototypie Berthaud, Paris.

DÉSIGNATION DES OBJETS

FAIENCES DE ROUEN ET DE SINCENY

1 — Très belle assiette à bordure jaune d'ocre niellée de noir ; au centre, les armoiries de Saint-Évremond soutenues par deux lions héraldiques se détachant sur un fond jaune d'ocre et entourées de guirlandes bleues.

Reproduite dans l'*Histoire de la faïence de Rouen*, par Pottier.

Diam., 24 cent.

(Ancienne collection Lefrançois.)

2 — Belle assiette à rosace au centre et bordure à fond jaune d'ocre niellé de noir.

Diam., 24 cent.

(Ancienne collection Lefrançois.)

3 — Grand et très beau plat rond, à décor bleu et rouille ; au centre, un sujet chinois composé de sept personnages dans un paysage : au marli et à la chute, magnifique bordure composée de lambrequins et de guirlandes de fleurs.

Diam., 55 cent.

(Ancienne collection Lefrançois.)

4-5 — Deux grands plats ronds en ancienne faïence de Rouen à décor bleu et rouille ; au centre, deux personnages debout et des arbustes de style chinois ; au marli et à la chute, lambrequin formé de corbeilles de fleurs, de quadrillés, de rinceaux et de mascarons.

Diam., 56 cent.

6 — Assiette, décor polychrome genre Watteau : *la Leçon de musique*. Le sujet principal est encadré d'ornements rocaille. Faïence de Sinceny. (?)

Diam., 24 cent.

(Ancienne collection Lefrançois.)

7 — Assiette, décor polychrome, entièrement couverte d'un sujet allégorique : char traîné par des amours et entouré d'autres amours. Faïence de Sinceny. (?)

Diam., 24 cent.

8 — Assiette, décor polychrome, entièrement couverte par de petits génies se jouant dans des ornements rocaille et des arbustes. Faïence de Sinceny. (?)

Diam., 24 cent.

9 — Assiette, décor polychrome de style chinois ; deux personnages dans un paysage.

Diam., 24 cent.

(Ancienne collection Lefrançois.)

10 — Beau plateau de table à angles coupés, décor polychrome composé de cornes d'abondance, de fleurs, d'oiseaux, d'ornements rocaille et portant un double écusson d'armoiries.

Larg., 49 cent.; long., 62 cent.

11 — Plateau oblong à angles coupés, à décor en camaïeu bleu représentant les Saisons figurées par quatre personnages allégoriques dans un paysage.

Une composition analogue se trouve sur un plat signé Borne et reproduit dans l'*Histoire de la faïence de Rouen*, par Pottier.

Long., 47 cent., larg., 37 cent.

12-13 — Deux grands plats ronds en ancienne faïence de Rouen à décor bleu et jaune d'ocre ; au fond, médaillon rond contenant une composition de sept personnages sur une estrade surmontée d'un pavillon de style chinois ; au marli, lambrequin formé de fleurettes et de draperies.

Diam., 54 cent.

(Ancienne collection Lefrançois.)

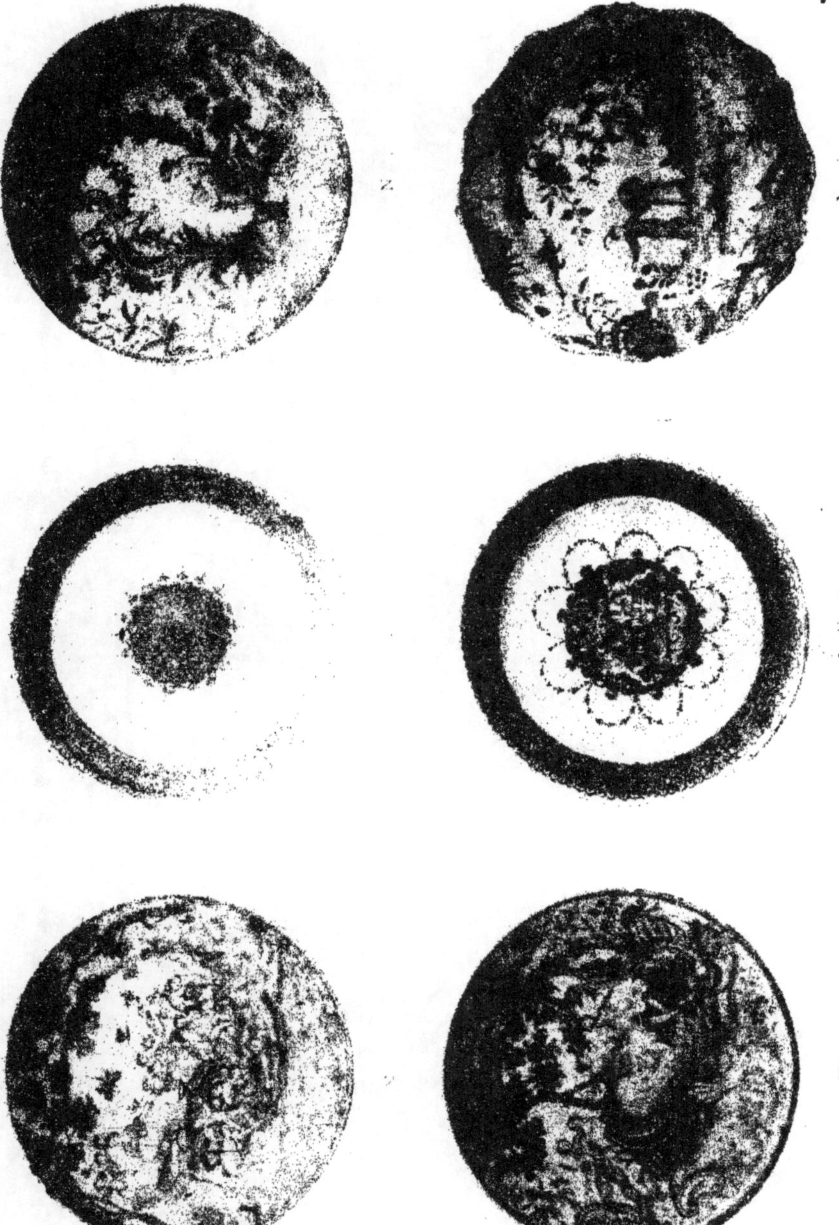

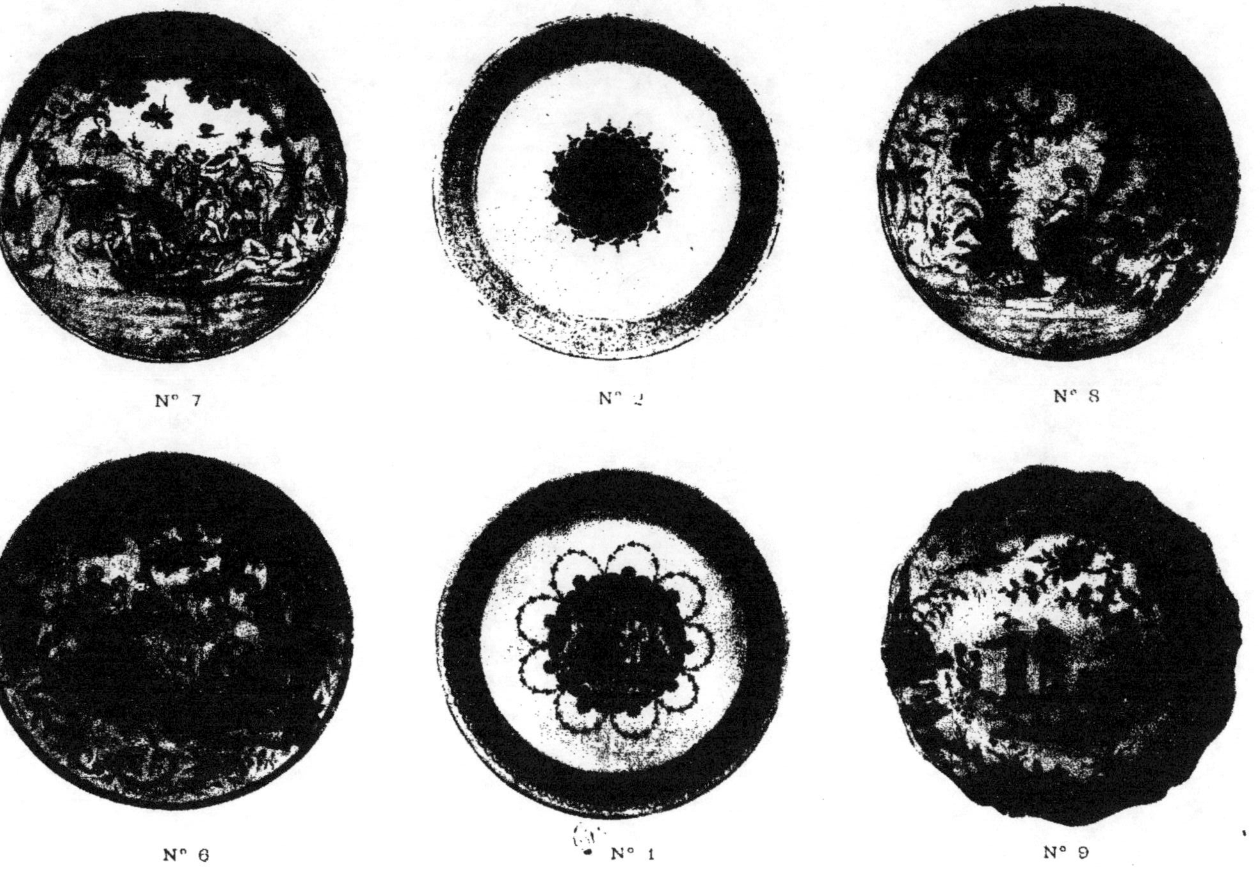

N° 7 N° 2 N° 8

N° 6 N° 1 N° 9

Phototypie Berthaud, Paris.

14 — Grand plat rond en ancienne faïence de Rouen, à décor polychrome ; au fond, habitations, arbres et oiseaux de style chinois ; au marli, fruits et branches fleuries sur fond bleu.

Diam., 50 cent.

15 — Plat creux en ancienne faïence de Rouen à décor polychrome ; au fond, branches fleuries et oiseaux de style chinois ; à la chute, zone de quadrillés interrompue par quatre réserves contenant chacune une crevette.

Diam., 42 cent.

(Ancienne collection Lefrançois.)

16 — Plat rond à bords festonnés en ancienne faïence de Rouen à décor polychrome ; au fond, paysage de style chinois dans un encadrement rouille orné d'oiseaux ; sur le marli, coquilles et insectes.

Diam., 42 cent.

17 — Plat creux en ancienne faïence de Rouen à décor polychrome en plein, de style chinois ; personnages et haies fleuries.

Diam., 32 cent.

18 — Plat oblong à angles coupés, en ancienne faïence de Rouen, à décor bleu et rouille ; au centre, corbeille de fleurs entre deux cornes d'abondance ; au marli, lambrequins.

Long., 33 cent.; larg., 26 cent.

19 — Plat en ancienne faïence de Rouen à décor polychrome rehaussé de rouille ; corbeille de fleurs et lambrequins à mascarons.

La bordure de ce plat est reproduite dans l'*Histoire de la faïence de Rouen*, par Pottier.

Diam., 40 cent.

20 — Grand vase sur piédouche et avec couvercle simulant des flammes en ancienne faïence de Rouen ; la panse est ornée de paysages, l'épaulement de guirlandes de fleurs et le culot de feuilles en relief ; anses mascarons ; décor polychrome rehaussé de rouille et d'ocre jaune.

Haut., 62 cent.; larg., 30 cent.

21 — **Deux vases sur piédouche et avec leurs couvercles en ancienne faïence de Rouen, à décor polychrome de rinceaux rocaille, fleurs et oiseaux, feuillages au culot et anses-mascarons en relief.**

Haut., 33 cent.; larg., 18 cent.

(Ancienne collection Lefrançois.)

22 — Deux petits supports-appliques en ancienne faïence de Rouen, à décor de motifs rocaille et coquilles en vert, bleu, rouille, ocre jaune et noir.

Haut., 19 cent.; larg., 19 cent.

(Ancienne collection Lefrançois.)

23 — Deux vases sur piédouche et à anses-mascarons en ancienne faïence de Rouen, à décor bleu de paysages.

Haut., 20 cent.

24 — Fontaine d'applique, son couvercle et son bassin, à décor bleu et rouille de lambrequins, coquilles, draperies, guirlandes de fruits et quadrillés; mascarons en relief; robinet en argent; support en chêne sculpté.

Hauteur de la fontaine, 52 cent.
Largeur du bassin, 42 cent.

25 — Cache-pot en ancienne faïence de Rouen, à décor polychrome rehaussé de rouille : pagodes et zone quadrillée ; anses-coquilles.

Haut., 16 cent.; larg., 23 cent.

26 — Seau cylindrique cotelé à anses plates en ancienne faïence de Rouen, à décor polychrome de branches fleuries.

Haut., 16 cent.; larg., 24 cent.

27 — Seau cylindrique en ancienne faïence de Rouen, à décor bleu de lambrequins.

Haut., 15 cent.

28 — Pichet en ancienne faïence de Rouen, à décor polychrome de sujet saint et quadrillés avec l'inscription : *Jean-Louis Laurent-Duval, 1769.*

Haut., 25 cent.

N° 11

N° 10

Phototypie Berthaud, Paris

29 — Deux vases droits à pans en ancienne faïence de Rouen, à décor bleu de lambrequins.

Haut., 34 cent.

30 — Potiche en ancienne faïence de Rouen, à décor bleu de lambrequins et de rinceaux.

Haut., 38 cent.

31 — Bannette oblongue à angles coupés et à deux anses en ancienne faïence de Rouen, à décor bleu et rouille ; au fond, personnage et kiosques de style chinois avec encadrement de rinceaux ; au marli, quadrillés et fleurs.

Long., 44 cent.; larg., 30 cent.

32 — Bannette oblongue à angles coupés et à anses en ancienne faïence de Rouen, décor bleu de mascaron et motifs de ferronnerie ; chute ornée de lambrequins.

Long., 45 cent.; larg., 30 cent.

33 — Bannette oblongue à anses torses en ancienne faïence de Rouen; décor bleu de paysage, fleurs et feuilles.

Long., 46 cent.; larg., 26 cent.

34 — Deux jardinières-appliques en ancienne faïence de Sinceny, à décor polychrome d'oiseaux sur un tronc d'arbre.

35 — Assiette en ancienne faïence de Rouen, à décor bleu et rouille : oiseau ; au marli, lambrequin de draperies, quadrillés et guirlandes de fleurs.

36 — Assiette en ancienne faïence de Rouen, à décor bleu et rouille : corbeille de fleurs ; marli orné d'un lambrequin formé de quadrillés et guirlandes.

37 — Assiette en ancienne faïence de Rouen : corbeille de fleurs ; lambrequin enguirlandé au marli ; décor bleu et rouille.

38 — Assiette en ancienne faïence de Rouen, décor polychrome rehaussé de rouille : corbeille de fleurs et de fruits sur un motif quadrillé ; au marli, lambrequin formé de guirlandes de fleurs, quadrillés et fruits.

39 — Assiette en ancienne faïence de Rouen, à décor polychrome rehaussé de rouille ; au centre, corbeille de fleurs ; au marli, lambrequin de guirlandes de fleurs et de quadrillés.

40 — Assiette en ancienne faïence de Rouen, à décor polychrome rehaussé de rouille ; au centre, corbeille de fleurs ; au marli, entrelacs et guirlandes.

41-42 — Deux assiettes en ancienne faïence de Rouen ; décor à la corne d'abondance, avec oiseau et insectes.

43 — Assiette en ancienne faïence de Rouen : Personnages de style chinois dans une barque.

44 — Assiette en ancienne faïence de Rouen : Pagode ; marli à décor de quadrillés et de fleurs.

45 — Assiette en ancienne faïence de Rouen ; décor au carquois ; au marli, lambrequin.

46 — Compotier en ancienne faïence de Rouen ; décor bleu rayonnant.

47 — Deux assiettes à bords festonnés en ancienne faïence de Rouen ; décor bleu ; au centre, écusson armorié ; au marli, entrelacs et guirlandes de fleurs.

48 — Assiette en ancienne faïence de Rouen ; décor bleu ; au centre, rosace ; au marli, lambrequin.

49 — Autre, même faïence ; décor bleu ; lambrequin.

50 — Saucière en ancienne faïence de Rouen, à décor bleu et rouille : Corbeille de fleurs.

51 — Sucrière-balustre à couvercle en dôme ajouré, en ancienne faïence de Rouen ; décor bleu de lambrequins.

52 — Théière couverte en ancienne faïence de Rouen, à décor bleu de lambrequins.

53 — Boite couverte et à deux anses en ancienne faïence de Rouen, à décor bleu de fleurettes et lambrequins.

54 — Deux petits sabots en ancienne faïence de Rouen ; décor bleu.

55 — Deux petits vases à pans en ancienne faïence de Rouen ; décor bleu de lambrequins.

56 — Deux petites bouteilles en ancienne faïence de Rouen ; décor bleu de fleurs.

57 — Plateau rond sur piédouche en ancienne faïence de Rouen ; décor bleu.

58 — Porte-huilier ovale en ancienne faïence de Rouen, à décor bleu : rinceaux ; anses-mascarons.

59 — Porte-huilier en ancienne faïence de Rouen, à décor bleu et rouille de fleurs et quadrillés ; anses-mascarons.

60 — Porte-huilier en ancienne faïence de Rouen, à décor bleu et rouille de feuillages.

61 — Boite couverte à deux anses, en ancienne faïence de Rouen, à décor polychrome d'habitations de style chinois.

62 — Deux boites oblongues couvertes, même faïence ; décor polychrome.

63 — Deux pièces : porte-huilier et pot à crème couvert, même faïence ; décor polychrome.

64 — Deux médaillons ronds : Bustes en relief de *Louis-Auguste, dauphin de France*, et de *Marie-Antoinette d'Autriche, dauphine de France*. Rouen.

105 —

Diam., 15 cent.

(*Ancienne collection Lefrançois.*)

65 — Deux petits lions en faïence de Rouen, signés : *Jean-Amand Legendre, 1799, l'an 8me.*

110 —

FAIENCES DE ROUEN

ATELIER DE LEVAVASSEUR

66 — Deux cache-pots en ancienne faïence de Rouen, atelier de Levavasseur, à décor d'oiseaux dans des paysages ; anses-rocaille.

Haut., 18 cent.; larg., 23 cent.

67 — Aiguière en ancienne faïence de Rouen, atelier de Levavasseur, à décor de sujet pastoral, de paysages et de motifs rocaille en relief.

Haut., 25 cent.

68 — Assiette en ancienne faïence de Rouen, atelier de Levavasseur, à décor de personnages au bord d'une rivière ; animaux au marli.

69 — Assiette en ancienne faïence de Rouen, atelier de Levavasseur, ornée de trois oiseaux sur une branche d'arbre ; fleurs au marli.

70 — Deux assiettes en ancienne faïence de Rouen, atelier de Levavasseur, à décor de paysage avec cours d'eau.

FAIENCES DIVERSES

71 — Quatre plaques en ancienne faïence d'Alcora : les quatre Saisons sous les traits de personnages en tenant les attributs ; encadrements moulurés à fronton orné de quadrillés et de coquilles. Marque A au revers.

Haut., 33 cent.; larg., 23 cent.

72 — Petit plat ovale en faïence de la suite de Palissy : Jupiter et Calisto ; revers jaspé.

73 — Deux vases de forme contournée en ancienne faïence de Delft, décor bleu de paysages animés et motifs rocaille.

74 — Petit plat à bord contourné, décor polychrome ; écusson armorié au centre, guirlandes au marli. Moustiers.

75 — Assiette à décor bleu ; écusson armorié ; rinceaux au marli. Moustiers.

76 — Quatre assiettes variées à inscriptions ou emblèmes révolutionnaires. Faïence de l'époque révolutionnaire.

77 à 86 — Environ cent dix-sept assiettes variées, en ancienne faïence française.

87 — Vasque sur piédouche en faïence italienne à décor de grosses fleurs ; au fond, un canard.

PORCELAINES

88 — Deux vases à panse cylindrique et col droit en céladon gris et jaune craquelé de la Chine, avec zones d'ornements et anses réservées en biscuit brun.

89 — Deux compotiers en ancienne porcelaine du Japon à décor bleu, rouge et or de branches fleuries.

90 — Deux petits vases en porcelaine de Japon : personnages ; socles en bois sculpté.

91 — Deux statuettes en porcelaine genre Saxe : Personnages debout.

ARGENTERIE

92 — Plat oblong à bords contournés en argent, à décor de motifs rocaille et de fleurs. XVIIIe siècle. Travail hollandais.

93 — Plat oblong à décor de palmettes en argent repoussé. XVIIIe siècle. Travail hollandais.

94 — Plat ovale en argent repoussé à décor de trophées d'armes. XVIIIe siècle. Travail hollandais.

95 — Bassin oblong à bords contournés en argent. XVIIIe siècle.

96 — Écuelle avec couvercle en argent à décor de palmettes et d'entrelacs ; sur le bouton du couvercle, médaille à l'effigie de Louis XVI. Ecusson armorié et gravé. XVIIIe siècle.

97 — Ecuelle avec couvercle en argent à décor de moulures ; chiffrée. XVIIIe siècle.

98 — Hanap à anse cariatide et sur piédouche en argent ; décor de godrons et de feuillages. XVIIIe siècle.

99 — Aiguière à anse en argent à décor de cannelures. XVIIIe siècle.

100 — Aiguière sur piédouche et à anse en argent ; décor de motifs rocaille et de cannelures obliques. XVIIIe siècle. Travail hollandais.

101 — Hanap sur piédouche et avec couvercle en argent, à décor de grappes de fruits et d'entrelacs. Le couvercle est surmonté d'une figurine de guerrier. Travail allemand.

102 — Petit gobelet en argent doré, à décor de godrons ; pourtour gravé à sujets champêtres. Travail allemand.

103 — Deux coupes ovales en argent repoussé, à décor de fleurs. XVIIIe siècle. Double-fond de verre bleu.

104 — Petite boite à épices ovale en argent sur quatre petits pieds griffes. XVIIIe siècle.

105 — Deux flambeaux-balustres en argent, à décor de fleurettes et de feuillages. Base carrée à pieds griffes. Fin du XVIIIe siècle.

106 — Deux petits flambeaux-balustres en argent ; décor de godrons.

107 — Deux flambeaux-colonnettes en argent. Commencement du XIXe siècle.

108 — Petit bougeoir en argent de style Louis XIV.

109 — Petit bougeoir en argent : écusson armorié gravé. XVIIIe siècle.

110 — Bénitier en argent repoussé du XVIIe siècle, à décor de feuillages; cadre en bois sculpté.

111 — Petit plateau rond en argent repoussé ; décor de feuillages au marli. XVIIIe siècle.

112 — Petite coupe lobée en argent ; décor de fruits et de fleurons. XVIIIe siècle.

113 — Petit guéridon en argent repoussé, à décor de palmettes. Travail hollandais.

OBJETS VARIÉS

114 — Miniature du XVIIe siècle : le Saint-Sacrement. Composition de nombreuses figures. Signée *P. Seuin fecit anno Dni 1683*. Cadre ancien en bois sculpté et doré.

115 — Sainte-Famille. Peinture sur bois. Encadrée.

116 — Paysage. Peinture sur bois. Encadrée.

117 — Plaque en émail peint de Limoges, XVIe siècle : le Christ en croix. Cadre en bois noir.

118 — Coupe en émail peint de Limoges, XVIIe siècle. Au fond, Judith et Holopherne ; au pourtour intérieur, compartiments contenant des guerriers dans diverses attitudes. Signée P. N. : Pierre Nouailher.

119 — Coupe lobée en émail peint de Limoges, XVIIe siècle, par *J. Laudin*. Signée. Au fond, un enfant accoté à un crâne.

120 — Plaque en émail peint de Limoges, XVIIe siècle, par *J. Laudin* : Sainte Madeleine au pied de la croix. Encadrée.

121 — Petite plaque en émail peint de Limoges, XVIIe siècle : Sainte Marguerite, par *J. Laudin*. Signée. Encadrée.

122 — **Plaque ovale surmontée d'un fronton en émail peint de Limoges, XVIIe siècle, par *Baptitse Nouailher* : Sainte Famille.**

123 — Plaque en émail peint : Char allégorique trainé par trois chevaux. Encadrée.

124 — Plaque en émail peint : Portrait de femme en costume Renaissance. Encadrée.

125 — Petite plaque en émail peint : *la Flagellation.* Encadrée.

126 — Plaque en émail peint : *l'Adoration des Mages.* Encadrée.

127 — Deux fonds de coupes en émail peint : Sujets bibliques. Encadrées.

128 — Petit cabinet à nombreux tiroirs et portes en bois noir orné de plaques d'émail peint à sujets mythologiques et de figurines en bronze.

129 — Deux vases en cuivre repoussé et gravé à décor de fleurs. XVIIIe siècle.

130 — Coupe sur piédouche en cuivre repoussé et gravé à décor d'animaux.

131 — Quatre bras-appliques Louis XV, à une lumière en cuivre argenté ; l'applique contient un miroir dans un encadrement de forme contournée à motifs rocaille.

132 — Deux pièces : petite guitare et petite mandoline plaquées d'écaille et incrustées de nacre. XVIIIe siècle.

133 — Croix en bois revêtu de cuivre gravé avec Christ et plaques en cuivre champlevé et émaillé de Limoges. XIIIe siècle.

134 — Cartel Louis XVI en bronze doré surmonté d'une urne et orné de têtes de béliers et de guirlandes.

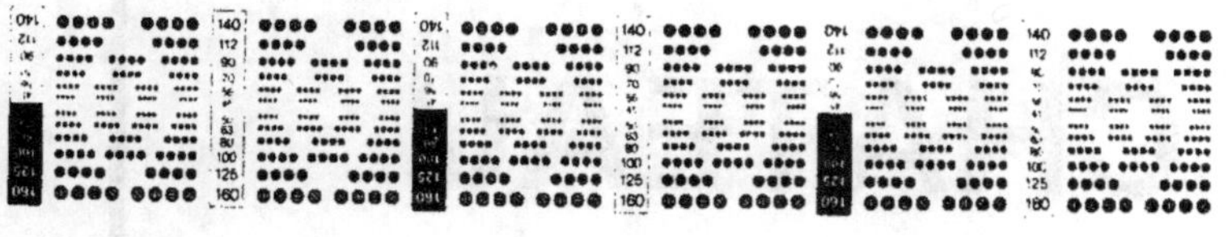

www.ingramcontent.com/pod-product-compliance
Lightning Source LLC
LaVergne TN
LVHW050503160826
845677LV00003B/916

* 9 7 8 2 3 2 9 6 4 9 1 4 6 *